D1280868

Nous remercions le Conseil des Arts du Canada,
le ministère du Patrimoine canadien et la SODEC
de l'aide accordée à notre programme de publication.

Le Conseil des Arts | The Canada Council
du Canada | for the arts
depuis 1957 | since 1957

Patrimoine   Canadian
canadien   Heritage

Illustration de la couverture
et illustrations intérieures :
Nathalie Dion

Édition électronique :
Infographie DN

Dépôt légal : 2e trimestre 1999
Bibliothèque nationale du Canada
Bibliothèque nationale du Québec

234567890 AGMV 0543210

Le collectionneur de vents

COLLECTION
PAPILLON

**DU MÊME AUTEUR
AUX ÉDITIONS PIERRE TISSEYRE**

Collection Papillon
Serdarin des étoiles, 1998.

Collection Conquêtes
Wlasta, 1998.

Aux Éditions du Boréal
Le peuple fantôme, 1996.
Le rêveur polaire, 1996.
Chasseurs de rêves, 1997.
L'œil du toucan, 1998.
Le chien à deux pattes, 1999.

Aux Éditions M. Quintin
Une vie de fée, 1996.
L'argol, et autres histoires curieuses, 1997.
Terra Nova, 1998.

Aux Éditions Hurtubise
L'assassin impossible, 1997.
Piège à conviction, 1998.
L'araignée souriante, 1998.
Sang d'encre, 1998.
Zone d'ombre, 1999.

Aux Éditions Héritage
Silence de mort, 1998.

Données de catalogage avant publication (Canada)

Chabin, Laurent, 1957-

     Le collectionneur de vents

     (Collection Papillon ; 65)

     Pour les jeunes.

     ISBN 2-89051-694-6

     1. Titre II. Collection : Collection Papillon
     (Éditions Pierre Tisseyre) ; 65

PS8555.H17C64 1999   jC843'.54   C99-940455-5
PS9555.H17C64 1999
PZ23.C42Co 1999

Le collectionneur de vents

roman

Laurent Chabin

ÉDITIONS
PIERRE TISSEYRE

5757, rue Cypihot, Saint-Laurent (Québec) H4S 1R3
Téléphone : (514) 334-2690 – Télécopieur : (514) 334-8395
http ://ed.tisseyre.qc.ca
Courriel : info@ed.tisseyre.qc.ca

1

Cristaux

L'hiver est arrivé très tôt, cette année, et le lac de Glenmore est complètement gelé. Léonard se promène avec sa mère, sur le sentier qui en fait le tour. Le chemin est couvert de neige durcie qui craque sous les pas.

Léonard aime bien l'hiver. Il n'y a pas d'insectes, le ciel est bleu et l'espace a l'air plus grand que d'habitude. Il marche, très appliqué, essayant de poser ses pieds dans les traces laissées par sa mère.

De temps en temps, il lève le nez et aperçoit, là-bas, à l'horizon, les montagnes Rocheuses chapeautées de neige. C'est un spectacle splendide. On n'a même pas besoin de quitter Calgary pour le contempler, et c'est gratuit !

Autour du lac étincelant de blancheur, des arbustes rabougris tordent leurs branches sombres. Ils sont tout nus, au contraire des gens emmitouflés dans leurs manteaux d'hiver.

En y regardant bien, pourtant, Léonard se rend compte que la végétation n'est pas si dépouillée qu'elle en a l'air. Chaque branche porte une couche de neige qui la recouvre comme un vêtement. Non, pas exactement comme un vêtement : la neige ne recouvre les branches que d'un seul côté. D'ailleurs, ce n'est pas de la neige, comme il le constate en s'approchant. C'est du givre.

Léonard s'est arrêté près d'un arbuste. Le givre s'est déposé sur l'arbre d'une façon curieuse : non pas dessus, comme la neige, mais sur le côté.

C'est difficile à décrire. On dirait qu'il forme une série de paillettes blanches, de drapeaux minuscules qui semblent flotter, immobiles, dans un vent inexistant. Léonard est muet d'admiration devant cette architecture légère.

Sa mère, qui vient de s'apercevoir qu'il est resté en arrière, se retourne et l'appelle.

— Eh bien, Léonard, tu rêves?

Léonard ne répond pas. Il rêve, effectivement. Ou, plus exactement, il est fasciné, hypnotisé par les formes géométriques, compliquées et aériennes, des cristaux de givre.

Sa mère, comprenant enfin ce qu'il est en train de regarder, s'approche de lui.

— C'est joli, n'est-ce pas? dit-elle.

— Joli? murmure Léonard. Pas joli. Magnifique, tu veux dire. Merveilleux. On dirait de la dentelle...

— Oui, de la dentelle de glace, reprend sa mère avec un sourire. La plus fine dentelle du monde. As-tu remarqué que chaque cristal est unique?

— Qu'est-ce que tu veux dire?

— Eh bien, il n'y a pas deux cristaux de givre identiques. Chacun est particulier, différent des autres.

— Comme les gens?

— Oui, comme les gens, dit la mère en riant et en reprenant la marche. Allons, viens maintenant.

Mais Léonard ne bouge pas, les yeux fixés sur les cristaux éblouissants.

«Ce serait tellement bien si je pouvais les emporter avec moi à la maison, se dit-il. Je les mettrais dans ma boîte à secrets, et je pourrais les regarder aussi souvent que j'en ai envie.»

Alors, avant de rejoindre sa mère qui s'éloigne sur le sentier, il sort son mouchoir de sa poche et il y dépose avec d'infinies précautions quelques-uns des plus beaux cristaux de glace qu'il recueille sur la branche.

Puis il range rapidement le mouchoir dans sa poche et se hâte en direction de sa mère.

Sitôt la promenade terminée, de retour à la maison, Léonard se précipite dans sa chambre sans même enlever son anorak.

Doucement, très doucement, il sort le mouchoir de sa poche et le pose sur son bureau. Puis, le cœur battant, il commence à le déplier, avec des gestes méticuleux, tout en retenant sa respiration, de peur de briser les précieux cristaux.

Mais que se passe-t-il? Que sont-ils devenus? Léonard ne comprend pas. Devant lui le mouchoir est humide, mais il n'y a plus rien dedans!

Son sourire se fige, puis disparaît. Il s'évanouit comme s'il n'avait été qu'un trait de crayon dessiné sur sa figure et qu'on venait de l'effacer avec une gomme.

Léonard reste muet de stupéfaction. Les yeux ronds, la bouche ouverte, il contemple son mouchoir étalé sur la table, aussi vide qu'un jour d'ennui.

Il est désespéré.

2

Peaux de banane

Le lendemain, dans la cour de l'école, Léonard erre tristement. Il va d'un groupe à l'autre, au hasard, sans s'arrêter longtemps au même endroit.

La plupart de ses camarades profitent de la récréation pour se montrer leurs collections et faire des échanges.

Ils collectionnent tout et n'importe quoi, mais rien qui intéresse Léonard. Des images de joueurs de hockey ou de héros de bandes dessinées, des porte-clés, des timbres, des marque-pages, des fleurs séchées ou des figurines en plastique...

Pourtant, Léonard aimerait bien avoir une collection, lui aussi. Mais il ne veut pas se contenter d'objets aussi communs, aussi plats. Des objets qu'on peut trouver dans n'importe quelle boîte de céréales ou dans les tablettes de chocolat.

— Des collections de ce genre, c'est bon pour les petits, se dit-il.

Lui, il rêve d'une collection fabuleuse, inédite, unique. Une collection rien que pour lui, une collection pour les grands. Son père a bien quelque chose dans ce genre. Il collectionne les hippopotames. Oui, parfaitement, les hippopotames!

Seulement, ce ne sont pas des vrais. Ce ne sont que des hippopotames en bois, en terre, en pierre ou en métal. Il y en a même un en savon! Mais ce ne sont que des statuettes. Alors, est-ce que ça compte vraiment? Ça ressemble un peu à de la tricherie. Léonard, ce qu'il veut, lui, c'est une VRAIE collection.

Il a bien essayé, pourtant, plus d'une fois. Tiens, dimanche dernier encore. Des cristaux de givre. Quelle idée superbe! Quelle collection magnifique il aurait eue là! Mais les cristaux ont fondu dans son mouchoir, avant même qu'il ne rentre à la maison.

Ce n'est pas la première fois qu'une telle mésaventure lui arrive. Il a successivement – et sans succès – tenté de collectionner les gouttes de rosée, les bulles de savon, et même les odeurs des fleurs au printemps…

Ça n'a jamais marché. Où trouver des idées? Nulle part, il n'a rencontré quelqu'un qui collectionne des choses vraiment intéressantes, des choses vraiment inhabituelles. Il est découragé.

Tout à coup, alors qu'il se trouve près de deux garçons en train d'échanger des épinglettes, Léonard s'aperçoit que quelqu'un se tient juste à côté de lui.

C'est Rachel, une fille de sa classe qui habite tout près de chez lui. Immobile, elle regarde les deux collectionneurs avec un petit air dégoûté.

— Des épinglettes, murmure-t-elle avec dédain. Pfff! Quel manque d'imagination! Pourquoi pas des bouchons de bouteilles?

— Ou des pinces à linge? ajoute Léonard avec un sourire complice.

Tous deux se regardent et, brusquement, ils éclatent de rire.

— Des épinglettes! reprend Léonard, tandis qu'ils s'éloignent tous les deux vers le fond de la cour. Ils collectionnent vraiment n'importe quoi. Il faut n'avoir rien d'autre à faire!

— Oui, ajoute Rachel, riant toujours. C'est d'un ridicule! On dirait des enfants...

Léonard se demande un instant ce qu'elle entend par là, mais il ne s'attarde pas à cette question. Il reprend :

— Et toi, tu n'as pas de collection, je suppose?

Aussitôt, le sourire disparaît du visage de Rachel, qui tourne brusquement les talons. Léonard ne comprend pas. Est-ce qu'il a dit quelque chose de mal? Il court derrière elle.

— Qu'est-ce qui se passe? lui dit-il en la rattrapant. J'ai fait une gaffe?...

— Non, non, ce n'est pas grave, fait Rachel en soupirant longuement et en se passant une main sur le front, d'un geste très étudié.

Léonard, en la voyant faire ce geste, pense qu'elle regarde sans doute trop la télévision.

16

— Ce n'est pas grave, continue Rachel. Ça me rappelle juste un mauvais souvenir, c'est tout.

— Ah bon? Tu as déjà des mauvais souvenirs? demande Léonard, très intéressé.

— Bien sûr, répond Rachel. J'ai déjà beaucoup vécu, tu sais.

— Et tu as fait beaucoup de collections, ajoute Léonard, qui sent qu'on va lui confier un grand secret.

— Mmmm, quelques-unes, oui, minaude Rachel. Mais elles ont toujours mal tourné. Maintenant, je préfère ne plus rien collectionner.

Léonard est très intrigué. Comment une collection peut-elle mal tourner? Quand il pense que, lui, il n'arrive même pas à en commencer une.

Est-ce que Rachel collectionnait des plantes carnivores ou des grenouilles venimeuses? Ou encore des revolvers ou des grenades? Ou peut-être des boules puantes? Quels objets extraordinaires ont bien pu la dégoûter à ce point de faire une collection?

La question lui brûle les lèvres. Enfin, au moment où la sonnerie annonce que la récréation est terminée, tout en se dirigeant vers l'entrée des classes, il ose lui demander :

— Rachel ?

— Oui.

— C'était quoi, ta dernière collection ?

Rachel ne répond pas tout de suite. Elle regarde à droite, à gauche, vérifie si personne ne peut l'entendre, puis, très vite, à voix basse, elle laisse tomber :

— Des peaux de banane.

— Des peaux de banane ?

— Oui, oui, Des peaux de banane. De vraies peaux de banane.

— Et alors ? fait Léonard, au comble de l'étonnement.

— Eh bien, dimanche dernier, mon père a jeté toute ma collection à la poubelle...

3

Étoiles

Le soir même, accoudé à la fenêtre de sa chambre, Léonard rêve en regardant le ciel. Il n'y a pas un nuage, les étoiles en profitent pour se faire belles.

Il se demande ce qu'il pourrait bien collectionner. Les peaux de banane, tout de même, ça lui semble un peu... comment dire... un peu odorant.

C'est dommage, il aurait pu faire des échanges avec Rachel. Mais il n'a pas envie de voir sa collection disparaître un jour dans la poubelle.

Et puis pourquoi collectionner toujours des objets qui ne survivent pas plus d'une journée? Des objets qui pourrissent ou qui s'évaporent?

Ce qu'il lui faudrait, c'est quelque chose qui soit aussi joli qu'une bulle de savon, aussi éclatant qu'un cristal de neige, mais aussi solide qu'un coffre-fort.

Des cailloux? C'est solide, un caillou. L'ennui, c'est que ça ne brille pas beaucoup. Les pierres qui étincellent, roses ou jaunes, on ne les trouve jamais sur les chemins. Il faut les acheter dans des boutiques.

Or Léonard ne veut pas collectionner des choses qu'on doit acheter. Il ne veut que des objets qu'on peut découvrir soi-même, au hasard, au cours d'une promenade ou d'un voyage de vacances.

Quoi donc, alors? Le menton dans les mains, les yeux dans les étoiles, il se demande s'il trouvera jamais quelque chose qui lui plaise.

Tout en réfléchissant, il fixe une étoile scintillant au milieu du ciel. Une grosse étoile aux reflets rouges...

— Tiens, se dit-il, c'est curieux. Je croyais que toutes les étoiles étaient blanches et identiques.

Puis, déplaçant son regard d'étoile en étoile, il se rend compte qu'il y en a des grandes et des petites, des brillantes et d'autres presque invisibles, des bleues et des orangées...

C'est un spectacle magnifique qu'il a toujours eu sous les yeux, mais qu'il semble pourtant voir ce soir pour la première fois. Et cette longue traînée lumineuse, qui traverse le ciel nocturne comme un jet de poussières brillantes, des étoiles, encore : la Voie lactée...

Un léger bruit à la porte de sa chambre le fait sursauter. C'est sa mère qui vient lui souhaiter une bonne nuit et vérifier s'il s'est bien mis au lit. Sans se retourner, Léonard lui demande :

— Maman, est-ce que les étoiles sont comme les gens ?

Sa mère semble un peu surprise par cette question inattendue, mais elle se reprend et répond :

— Si tu veux dire qu'elles sont toutes différentes, comme les cristaux de glace que nous avons vus dimanche dernier, alors oui, les étoiles sont comme les gens. D'ailleurs, comme eux, elles portent des noms.

— Des noms? Des noms propres, comme moi? Est-ce qu'il y en a qui s'appellent Léonard? Ou Rachel? Ou Jean-Baptiste?

— Non, non, fait sa mère en souriant. Pas des noms comme ça. Celle-ci, par exemple, ajoute-t-elle en montrant la grosse étoile rouge qui a attiré l'attention de Léonard tout à l'heure, elle s'appelle Bételgeuse.

— C'est joli, murmure Léonard. Ce n'est pas un nom d'ici, n'est-ce pas?

— Non, effectivement, dit sa mère en éclatant de rire. Les étoiles n'ont pas des noms d'ici. Vois-tu cette autre, au-dessus de Bételgeuse, un peu à gauche. Elle est bleue, et elle s'appelle Rigel.

— Et là, cette grosse, encore plus à gauche?

— Celle-là, c'est Aldébaran, je crois. Et là-bas, tout à fait à gauche, presque couchée sur l'horizon, c'est Altaïr.

Léonard est éberlué par le savoir de sa mère. Elle connaît donc toutes les étoiles par leur nom? Mais comment fait-elle pour les reconnaître, dans ce désordre de points lumineux?

— C'est qu'elles ne sont pas en désordre, dit sa mère en répondant à sa question. Les étoiles forment des figures qu'on appelle des constellations. Celles-ci ont des formes assez faciles à identifier quand on fait un peu attention, et les étoiles y sont toujours à la même place.

— Et elles ont des noms aussi, ces constellations ?

— Bien sûr. Des noms aussi jolis, d'ailleurs. Il y a Pégase, les Chiens de Chasse, la Baleine. Et Orion, où se trouvent Bételgeuse et Rigel, et l'Aigle, avec Altaïr, et Andromède, et le Dragon...

« Le Dragon, Pégase, l'Aigle... c'est fabuleux », pense Léonard en jetant un œil neuf sur ce ciel d'encre qui contient tant de choses qu'il n'avait jamais véritablement remarquées auparavant.

— Et il y en a tellement ! Combien ? Cent ? Mille ?

— Mille ? dit sa mère. Oh non, pas mille. Des millions, des milliards... Elles sont innombrables.

— Et toutes ont vraiment un nom ? demande Léonard.

— Non, c'est impossible. Généralement, elles n'ont qu'un numéro, d'autres rien du tout. D'ailleurs, la plupart sont

invisibles à l'œil nu. Il faut des téles-
copes très puissants pour les voir.

Des milliards... Léonard frissonne.
Quelle matière inépuisable pour une
collection! Une collection d'étoiles,
chacune avec sa place, sa couleur, son
nom...

Et si l'étoile n'a pas de nom? Eh
bien, qu'à cela ne tienne! lui, Léonard,
il se chargera de lui en donner un. Et il
sera le premier collectionneur d'étoiles!

4

Nuages

Dès le lendemain, après la classe, Léonard se rend à la bibliothèque de l'école pour y chercher des livres sur les étoiles. C'est qu'une collection doit être sérieusement préparée si on veut qu'elle ait de la valeur.

Il existe toutes sortes d'étoiles : des bleues, des jaunes, des rouges. Il y a les géantes rouges et les naines blanches, les étoiles doubles, les novas et les supernovas, celles qui explosent et celles qui meurent de froid...

Alors, pour commencer, il lui faut savoir lesquelles ont déjà un nom, où elles se trouvent et comment on peut les reconnaître.

Et, qui sait, un jour peut-être, il découvrira une nouvelle étoile, une étoile inconnue à laquelle il donnera son nom. L'étoile *Léonard* !

Au lieu de jouer à l'extérieur pendant les récréations, Léonard se réfugie donc dans la bibliothèque dès qu'il le peut. Il y feuillette les livres, consulte les cartes du ciel, note les noms des principales étoiles et des constellations.

Il a apporté un grand cahier ligné, tout neuf, avec une couverture noire constellée de petites étoiles dorées. Inlassablement, avec application, il y recopie la liste de ses astres préférés.

Algénib, Bellatrix, Hamal, Régulus, Sadalmelek, Toliman... Les noms aux consonances étranges valsent au rythme des pages, la sarabande des étoiles défile devant ses yeux éblouis.

Perdu dans son rêve, Léonard n'est plus de ce monde. Son esprit flâne au milieu des comètes et des constellations, il vagabonde sur la Voie lactée, il se roule dans l'espace infini. L'école

n'existe plus, il n'entend même pas Rachel arriver derrière lui.

— Qu'est-ce que tu fais là? lui demande-t-elle tout d'un coup en se plantant à côté de lui.

Léonard redescend brusquement sur terre. Il lève le nez et se frotte les yeux. Il semble tout étonné de voir son amie debout près de lui.

— Je... je range ma collection, dit-il à voix basse, comme s'il se sentait pris au dépourvu.

— Ta collection? s'exclame Rachel en voyant les livres étalés sur la table. Quelle collection? Tu ramasses les vieux bouquins à présent?

— Non... non... pas les livres. En fait... je... je collectionne les étoiles, bredouille Léonard

— Les étoiles? Mais où sont-elles, tes étoiles? Je ne vois que des livres!

— Oui, bien sûr, reprend Léonard, un peu gêné. Pour l'instant, je suis seulement en train d'en faire la liste, de les classer. Les étoiles ne sont pas ici, évidemment. Elles sont dans le ciel...

— Comment peux-tu les collectionner, alors? Tu ne les vois même pas.

— Je les vois la nuit, dit Léonard, de plus en plus mal à l'aise. Et là, je les compte, je leur donne leur nom, je les admire…

— Et… tu peux les prendre dans ta main? réplique Rachel, d'un ton légèrement moqueur.

— Non, murmure Léonard en baissant la tête. Tu sais bien que ce n'est pas possible. On ne peut pas les atteindre, elles sont trop loin…

— Alors, ce n'est pas une vraie collection, conclut Rachel avec autorité. On ne peut collectionner que les choses qu'on peut toucher.

Puis, sans ajouter un mot, elle lui tourne le dos et sort de la bibliothèque. Léonard ne lui a rien répondu. Il se sent un peu vide tout à coup.

Il ferme les yeux et soupire longuement. Au bout d'un moment, quelque chose le démange légèrement, sur le bout du nez. Lorsqu'il rouvre les yeux, il s'aperçoit qu'une goutte d'eau est tombée sur son cahier, au milieu de la page, sur le nom d'une étoile baptisée Algol.

C'est une larme.

Le soir, à la maison, il va s'enfermer dans sa chambre sitôt le repas avalé. La nuit est tombée. Accoudé à sa fenêtre, il cherche à retrouver les étoiles que sa mère lui a montrées.

Hélas, c'est impossible. Le temps s'est couvert et de gros nuages sombres roulent au-dessus de la ville. Aucune étoile n'est visible. Tout ce magnifique labyrinthe lumineux a disparu, effacé par les énormes taches violacées des nuages prêts à éclater.

Léonard finit par aller se coucher, la mort dans l'âme. Une collection d'étoiles! Bien sûr, c'était impossible...

5

Alizés

Pendant toute la semaine, Léonard est morose. Il semble ne s'intéresser à rien, et ses parents commencent à s'inquiéter.

Son père, qui a constaté son tout nouvel intérêt pour les étoiles, lui a offert un grand livre d'astronomie. Mais il est trop tard. Léonard ne veut plus entendre parler des étoiles.

À quoi bon s'occuper de choses tellement lointaines que même leur lumière, quand elle nous parvient, est déjà vieille de plusieurs millions d'années?

Léonard s'ennuie devant tout ce qui lui faisait plaisir auparavant. Il repousse ses livres en soupirant. Il dédaigne les images de volcans, de poissons des profondeurs ou de papillons tropicaux qui faisaient sa joie il y a quelques semaines encore.

— Léonard, veux-tu aller au zoo? Il y a de nouveaux animaux, cette année...

— ...

— Léonard, veux-tu venir au musée? L'exposition sur les costumes d'autrefois vient d'ouvrir ses portes...

— ...

— Léonard, veux-tu nous accompagner au Jardin botanique?

— ...

— Léonard, veux-tu...?

Non, Léonard ne veut rien. Léonard n'aime plus rien. Ses parents ne savent plus quoi inventer pour le distraire. Ils commencent à désespérer.

— C'est à cause de l'hiver, concluent-ils un soir. Il est arrivé trop tôt cette année, il n'a pas eu le temps de profiter de l'été. Cet enfant a besoin de respirer et de voir un peu de soleil. Voilà ce qui lui manque.

Heureusement, les vacances de Noël approchent, et ils se disent qu'un petit voyage dans le sud leur remonterait à tous le moral. Ils feraient le plein d'énergie, et ça leur permettrait d'entamer la nouvelle année du bon pied.

— Voyons, où aller, se demandent-ils un jour en feuilletant des catalogues de voyage avec des airs de conspirateurs. La Californie?

— La Californie? Hum, est-ce bien raisonnable? Il y a un peu trop de tremblements de terre...

— La Floride, alors?

— Non, trop de tempêtes.

— L'Europe?

— Trop de monde...

— Quoi d'autre, alors?

— Eh bien, je ne sais pas, moi. Que dirais-tu des îles? Les Antilles...

— Les Antilles? Bien sûr! Excellente idée, les Antilles. Le soleil, la mer, les ananas qui poussent dans la terre et pas dans des boîtes de conserve...

C'est d'accord. Va pour les îles. Îles Sous-le-Vent, îles au-Vent, des noms à faire rêver. Il y en a plein sous les tropiques, dans la mer des Caraïbes, à quelques heures d'avion à peine. Là-bas,

Léonard oubliera tous ses soucis, c'est garanti.

Le premier jour des vacances, les valises remplies de maillots de bain et de crèmes solaires, la famille s'envole donc pour les Antilles. Les parents ont choisi la Martinique parce qu'on y parle français. Ce sera bon pour Léonard.

Dans l'avion, Léonard a dormi tout le temps, bercé par le ronronnement des réacteurs. Quand il se réveille, alors que l'avion vient de s'immobiliser près de l'aérogare, il frissonne.

«Pourquoi fait-il toujours si froid dans ces avions?» se demande-t-il en bâillant.

Mais ce léger malaise ne dure pas. Les portes viennent de s'ouvrir et il se dirige vers la sortie, suivant péniblement ses parents dans la cohue des voyageurs pressés de descendre.

Alors, c'est le choc. À peine a-t-il posé le pied sur les premières marches de la passerelle qu'il sent s'abattre sur lui une chaleur incroyable, une chaleur humide et lourde, comme s'il venait d'entrer dans un sauna.

La lumière l'éblouit, une explosion de senteurs qu'il ne connaît pas lui envahit les narines, lui fait tourner la tête. Mais, derrière lui, les autres vacanciers le poussent pour sortir à leur tour, et Léonard doit avancer pour ne pas se faire écraser.

Il n'a pas le temps de poser des questions. Tout est trop nouveau, tout va trop vite. Les odeurs sucrées des fleurs, la stridulation des insectes, la chaleur écrasante... tout cela le soûle un peu.

Le taxi qui les conduit à leur hôtel roule comme un bolide sur les routes sinueuses bordées d'une végétation exubérante.

Enfin les voici à l'hôtel, au bord d'une plage, dans le sud de l'île. C'est une plage curieuse, de sable noir, avec des cocotiers au bord. C'est la première fois que Léonard voit la mer.

Dès le lendemain, il est déjà habitué à la chaleur. Dans quelques jours, il ne sera plus gêné par le bruit des vagues qui s'écrasent, à quelques mètres seulement de sa chambre, dans un fracas incessant.

Allongé sur la plage, à côté de ses parents, il se laisse rafraîchir par le vent qui vient de la mer, tout en regardant les grands cocotiers agiter leurs feuilles comme des insectes gigantesques.

«Quelle organisation! se dit-il avec satisfaction. Le vent souffle toujours à la même heure et dans le même sens. Je me demande si mes parents ont dû payer un supplément pour ça...»

Au bout d'un moment, il fait cette réflexion à haute voix et ses parents éclatent de rire.

— Un supplément? Mais non, mon chéri. Personne ne peut commander aux vents. Le vent est toujours comme ça, sur cette île. La Martinique fait partie des îles Sous-le-Vent. Ce vent souffle sur toutes les îles de la Caraïbe. Il est très particulier, on lui a même donné un nom: c'est l'alizé*.

— Ah bon? fait Léonard, intrigué.

Jusqu'ici, il avait toujours cru que le vent était le vent, sans plus. Une chose impalpable et invisible, plus ou moins identique d'un pays à l'autre.

---

* Pour les noms de vents suivis d'un astérisque, voir le lexique aux pages 79-86.

— Est-ce que le vent peut avoir d'autres noms, des noms différents ? demande-t-il encore.

— Bien sûr, reprend sa mère, qui devine à quoi pense son fils. Il y a toutes sortes de vents, qui ne se ressemblent pas, et ils ont leurs noms. Comme les gens, comme les étoiles...

Léonard ne répond pas et se rallonge sur son drap de bain. Cette nouvelle l'étonne. Elle l'intéresse même, mais il se méfie quand même un peu. Les vents, les vents... est-ce que ça se collectionne ?

Durant tout l'après-midi, bercé par le bruit des vagues, il réfléchit à ce problème. Il pèse le pour et le contre et, finalement, il aboutit à une décision.

Le soir même, il revient sur la plage avec un gros bocal qu'il ouvre un instant dans le vent tiède avant d'en refermer brusquement le couvercle.

À l'intérieur du bocal, on ne voit rien. Il a l'air parfaitement vide, mais Léonard ne s'y trompe pas : l'alizé est bien là, prisonnier. Il en est sûr.

Bateaux et moulins

Une semaine plus tard, dans l'avion qui le ramène au Canada, Léonard réfléchit à la façon dont il pourrait continuer sa nouvelle collection.

Les étoiles, il est facile de les nommer et de les reconnaître : elles sont toujours à la même place. On lève les yeux, la nuit, et les voilà, s'il n'y a pas de nuages, fidèles au rendez-vous.

Mais les vents, ces grands êtres invisibles, sans forme précise, sans contours, sans couleurs, comment peut-on les identifier? Il n'y a rien de plus insaisissable qu'un vent, rien de plus irréel...

Soudain, l'avion se met à vibrer. On dirait qu'un géant vient de le saisir par les ailes pour le secouer dans tous les sens, comme un vulgaire insecte. Léonard panique. Qu'est-ce qui se passe? Un accident? Une aile qui se détache? Une météorite?

Sa mère croise son regard effrayé.

— Ne t'inquiète pas, dit-elle en posant sa main sur la sienne. Ce n'est qu'un trou d'air. Ça ne va pas durer.

— Un trou d'air? Qu'est-ce que tu veux dire? Comment peut-il y avoir des trous dans l'air? L'air n'est-il pas déjà un trou?

— L'air n'est pas le vide, répond sa mère. Au contraire.

— Mais on ne peut ni le voir, ni le prendre entre ses doigts, ni le sentir...

— Bien sûr qu'on peut le sentir. Le vent n'est rien d'autre que de l'air qui se déplace et tu peux le sentir sur ta figure, le voir gonfler la voile des bateaux, emporter les feuilles mortes.

— Et il y a vraiment des trous dans l'air? reprend Léonard, qui n'est pas tout à fait rassuré par ces explications. Est-ce qu'on peut tomber dedans?

— En fait, ce ne sont pas vraiment des trous, explique sa mère. Ce n'est qu'une image. Il y a dans l'atmosphère, à très haute altitude, des vents extrêmement rapides qu'on ne voit pas depuis la terre. Ces courants d'air, en quelque sorte, emportent les avions. Ils peuvent les ralentir ou les faire aller plus vite.

— Et ils ont des noms, eux aussi?

— Oui. On les appelle les courants-jets*. Ils sont très puissants et peuvent secouer les avions comme s'ils étaient des jouets.

— Les vents sont dangereux, alors? lance Léonard, plus inquiet que jamais.

— Ils peuvent l'être, oui. Très dangereux même Tu as entendu parler des tornades*, des typhons*, des cyclones*. Ces vents-là détruisent tout sur leur passage.

— C'est affreux, murmure Léonard en se recroquevillant sur son siège.

Il regarde par le hublot, la gorge serrée. Il ne pensait pas qu'un jour, il aurait peur du vent.

Sa mère se rend compte que sa petite leçon de sciences naturelles a eu un effet inattendu. Bien sûr, le vent est une force redoutable contre laquelle on ne peut pas grand-chose, mais il peut aussi être une aide précieuse pour l'homme.

— Tu sais, Léonard, reprend-elle d'une voix douce, le vent n'est pas seulement un croque-mitaine. Quand on ne savait pas utiliser le pétrole, c'est le vent qui faisait marcher les machines, c'est lui qui poussait les voyageurs vers de nouveaux pays. Quand il est apprivoisé, il n'a plus rien d'effrayant.

Apprivoiser le vent? L'idée surprend Léonard. Et pourtant… il revoit les images des grands bateaux d'autrefois, toutes voiles déployées, qu'il a contemplées dans des livres ou au cinéma.

Il se souvient aussi d'un dessin qui le fascinait, quand il était plus petit. Une sorte de tour blanche avec un chapeau pointu et de grands bras tournants habillés de toile blanche.

— C'est un moulin à vent, lui avait expliqué sa mère. Quand il n'y avait pas d'électricité, c'est le vent qui la remplaçait.

«C'est donc ça, le vent apprivoisé, pense Léonard en se détendant. Dans le fond, ces grands êtres invisibles ne sont peut-être pas si terribles, il suffit de savoir les prendre...»

7

Éole

De retour à la maison, la décision de Léonard est prise : partout où il ira, il recueillera un peu de vent dans un bocal, comme il l'a fait pour l'alizé. Et il collera dessus une étiquette avec le nom, l'endroit et la date.

C'est possible puisque les vents sont tous différents, qu'ils ont des noms et que chacun habite dans un lieu particulier. Eh oui, les vents ont des pays, des petits ou des grands, tout comme les gens !

Certains soufflent sur des territoires immenses, traversent des déserts, des montagnes, des continents. D'autres, au contraire, rafraîchissent ou réchauffent de toutes petites contrées.

Léonard en apprend davantage à la bibliothèque de l'école, où il retourne assidûment pour compléter ses connaissances. Et là, au cours de ces longues séances d'études silencieuses, chaque livre, chaque page s'ouvre sur un souffle nouveau.

Les vents, par exemple, ont toutes sortes d'activités étonnantes. Certains font pleuvoir, comme la mousson* d'été en Asie, d'autres assèchent la terre ou se contentent de tordre les arbres.

Il y en a même qui font de l'architecture et de la sculpture, comme ceux des déserts de l'Amérique, qui ont construit des tours et des palais de pierre rouge dans Monument Valley.

Quant à leurs noms, Léonard a même l'impression, en les prononçant à mi-voix, de voyager tout autour de la terre sur un tapis volant. Zéphyr*, simoun*, borée*...

Les vents du monde entier ont investi tout l'espace disponible entre ses deux oreilles. Le sirocco* qui soulève les sables du désert et les emporte jusque de l'autre côté de la mer ; le khamsin* qui ensevelit les caravanes sous les dunes ; le mistral* qui arrête les trains ; l'autan* qui donne la migraine ; la tramontane* qui rend fou...

Et puis, bien sûr, on ne peut pas oublier ces vents terribles, tempêtes et ouragans, qui déracinent les arbres, arrachent les toits, aspirent les voitures, soulèvent les mers et brisent les bateaux.

Et ce n'est pas tout. Autrefois, les vents étaient considérés comme des divinités. Ils avaient même un dieu, un maître tout-puissant nommé Éole, qui leur ordonnait de souffler ici ou là, selon son humeur.

Éole était assez capricieux, et ses cadeaux se révélaient parfois dangereux pour les hommes. Ainsi, on raconte qu'il avait donné à un illustre voyageur de l'Antiquité, qui s'en revenait chez lui après dix ans de guerre loin de son pays, un grand sac de cuir contenant tous les vents.

Un de ces vents était destiné à le ramener vers son île, et tous les autres – des vents contraires – étaient enfermés dans le sac. Malheureusement, sur le bateau, un des marins trop curieux avait ouvert le sac et laissé s'échapper les vents. Cela avait soufflé furieusement dans tous les sens, un beau désordre! et le pauvre voyageur avait été chassé loin de sa route. Ce collectionneur de vents malchanceux s'appelait Ulysse, et son voyage de retour avait duré plus de dix ans...

Léonard reste rêveur. Tant de vents, dans tant de lieux si éloignés les uns des autres... Lui faudra-t-il dix ans, à lui aussi, pour réunir tous les vents de la terre dans sa collection?

Et puis comment les attraper? Ses parents ne le laisseront sûrement pas faire le tour du monde, et encore moins entrer dans l'œil d'un cyclone, son bocal à la main, pour y prélever un morceau de tourbillon.

La chose n'est pas simple. Peut-être pourrait-il faire passer une annonce dans le journal, demandant aux gens de tous les pays de lui envoyer un petit échantillon du vent de chez eux.

Pour ça, évidemment, il lui faudra l'aide de ses parents. Sa mère ne refusera pas, c'est certain. Elle écrira le texte de l'annonce pour lui et elle l'enverra au journal. C'est fait pour ça, une mère.

Le soir même, alors qu'elle vient lui dire bonsoir avant d'éteindre sa lampe, il lui soumet son projet.

— Tu vois, ajoute-t-il en montrant le bocal qui trône sur une étagère, près de sa table de nuit. Ma collection est déjà commencée.

— Une collection de vents? fait sa mère, étonnée. C'est donc pour ça que tu as transporté ce bocal vide depuis la Martinique.

— Il n'est pas vide, insiste Léonard. Il contient du vent de là-bas, l'alizé. Maintenant, il me reste à réunir tous les autres vents. Il faut que tu fasses cette lettre pour moi.

Sa mère sourit. Elle est tentée un instant de faire renoncer son fils à une collection aussi insensée. Mais elle se dit aussi que des rêves comme ça, elle aimerait bien en avoir encore. Et, finalement, elle en vient à trouver l'idée magnifique. Après tout, pourquoi est-ce que ça ne marcherait pas?

— D'accord, je vais t'aider, dit-elle après un long silence. Nous allons même faire beaucoup mieux qu'une annonce dans un journal. Nous allons passer un message sur Internet, et il sera lu dans le monde entier. Qui sait, peut-être vas-tu recevoir des vents du bout du monde...

Léonard se tortille de joie dans son lit. Il voit déjà les vents de tous les pays souffler vers sa maison, et les petits flacons remplis d'air agité se multiplier dans les sacs des agents de la poste.

Juste avant de s'endormir, une dernière idée lui vient. Il lui faut un nom pour signer ce message qui fera le tour de la terre. Un nom facile à retenir, un nom qui montre bien qu'il est sérieux, que sa collection, ce n'est pas du vent... euh... pardon, une plaisanterie.

Ce nom, c'est Éole, bien sûr. Éole, c'est joli comme un nom d'elfe...

8

Chinook

Pendant des semaines, chaque jour, Léonard attend anxieusement le passage du facteur. En partant pour l'école, il se retourne toujours, au coin de la rue, pour voir s'il n'arrive pas de l'autre côté, avec son gros sac bleu en bandoulière.

— Calme-toi, lui dit sa mère. Le message est à peine parti. Laisse aux gens le temps de le trouver, de le lire, d'attraper un peu de vent, de faire un colis et de le mettre à la poste. Et puis n'oublie pas que le courrier va moins vite que le vent.

Mais Léonard est trop impatient pour être raisonnable. Chaque soir, de retour de l'école, il se précipite sur la boîte aux lettres et constate avec dépit qu'elle est vide.

Remarquant son air chagrin, sa mère essaie de détourner son attention de cette maudite boîte aux lettres.

— En attendant que les vents étrangers arrivent, dit-elle, pourquoi n'essaies-tu pas avec ceux d'ici. Il y en a un très particulier, qui n'existe nulle part ailleurs, et qui ne va sûrement pas tarder à souffler.

— Un vent de Calgary? lance Léonard, très intéressé. Un vent rien que pour nous?

— Presque. C'est un vent du Montana et du sud de l'Alberta. Il s'appelle le chinook*, mais on le surnomme parfois le *mange-neige*.

— Un vent mangeur de neige?

— Oui, c'est un vent chaud qui vient du Pacifique, enjambe les Rocheuses et dévale les montagnes de notre côté en faisant fondre la neige sur son passage.

— Et quand donc va-t-il souffler? s'inquiète Léonard.

— Bientôt, probablement. Il souffle plusieurs fois dans la saison. C'est lui qui nettoie les rues de leur neige. On dirait qu'il découpe l'hiver en petits morceaux pour le faire passer plus vite.

Effectivement, quelques jours plus tard, la météo annonce un coup de chinook pour la fin de la semaine. Léonard est fin prêt. Il a vidé un pot de confitures en deux jours pour se faire un piège à vent.

Il a l'estomac un peu barbouillé, mais il est d'attaque pour recevoir le chinook et l'emprisonner dans son bocal. Le samedi matin, debout dans le jardin qui donne vers l'ouest, il attend de pied ferme.

Le ciel de chinook a quelque chose de particulier, qu'on n'oublie pas une fois qu'on l'a vu.

Vers l'est, les nuages recouvrent la ville à perte de vue ; mais de l'autre côté, à l'ouest, la couche nuageuse s'arrête brusquement, comme si on l'avait tranchée d'un coup de couteau gigantesque, et, au-delà, apparaît un ciel d'un bleu éclatant.

À l'horizon, telle une rangée de dents éblouissantes, les Rocheuses semblent vouloir mordre dans l'azur comme

dans une immense traînée de jello aux bleuets.

Quand, vers la fin de la matinée, Léonard sent enfin sur son visage la caresse du vent, il frémit de plaisir.

Il savoure un long moment cet air tiède dans lequel il essaie de reconnaître l'odeur de la mer, puis il lève son bocal ouvert, le maintient pendant quelques secondes sans bouger, et, brusquement, il applique le couvercle sur l'ouverture et emprisonne le chinook.

Le soir même, sur son étagère, figure fièrement un nouveau bocal avec son étiquette, soigneusement calligraphiée par Léonard.

Le chinook a rejoint l'alizé.

9

La collection

Et puis, un beau jour, un petit paquet arrive par la poste. Il est gros comme une boîte de haricots en conserve et semble très fatigué. Il porte des timbres et des tampons sur toutes ses faces, de la ficelle tout autour, et l'adresse écrite à l'encre est à moitié effacée.

Le colis vient de très loin. Malgré un examen attentif des timbres, la mère de Léonard n'arrive pas à en déchiffrer la provenance. Tout ce qu'elle arrive à lire, c'est *Amundsen-Scott.*

Scott? Amundsen? Ce ne sont pas des noms de lieux ni de pays. Ce sont des noms d'explorateurs polaires, mais le dernier est mort il y a au moins soixante-dix ans! D'où ce paquet peut-il donc bien venir?

La curiosité la dévore, mais le colis est destiné à Léonard, et elle ne se sent pas le droit de l'ouvrir la première. Elle doit donc patienter toute la journée, en attendant le retour de son fils.

Revenu de l'école, Léonard saute de joie devant le mystérieux paquet. Cela ne fait pas l'ombre d'un doute pour lui : cet envoi qui vient d'on ne sait où lui arrive en réponse à son annonce. Il y a du vent à l'intérieur !

Sous l'œil impatient de sa mère, il commence donc à défaire la ficelle, puis à découper le papier. Sous ce premier emballage, il découvre une boîte en carton entourée de bande adhésive.

Dans la boîte, soigneusement entouré de plastique-bulle, il trouve enfin un petit flacon enveloppé dans du papier de soie. Le flacon est vide. Du moins, il pourrait sembler vide pour le premier observateur venu.

Léonard, lui, ne s'y trompe pas. Il a bien envie d'ouvrir le flacon, de humer ce vent venu d'ailleurs, mais il sait que la moindre ouverture de la bouteille causerait la perte de son trésor et il se retient d'effectuer ce geste fatal.

Heureusement, une autre découverte attire son attention. Dans le paquet, il y a aussi une lettre et une photo. Sur la photo, un homme vêtu comme un ours se tient debout dans un paysage couvert de neige et battu par le vent. À ses pieds, un peu en retrait, on aperçoit un curieux petit bonnet rouge pointu, éclatant sur la neige.

Quant à la lettre, elle est écrite en anglais et donne l'explication de l'extraordinaire trajet qu'a suivi le flacon de vent pour arriver jusqu'à Calgary.

Amundsen-Scott est le nom de la station permanente de recherche scientifique qui se trouve au pôle Sud. Oui, au pôle Sud, exactement là où les explorateurs Amundsen puis Scott sont arrivés les premiers il y a quatre-vingt-six ans.

C'est là qu'un savant américain, celui qu'on voit sur la photo, a eu connaissance du message de Léonard qu'un de ses collègues lui a envoyé des États-Unis. Amusé, il a aussitôt enfermé dans une petite bouteille un peu de blizzard* et, profitant de la saison d'été, pendant laquelle la station peut communiquer avec le reste du monde autrement que par la radio, il l'a fait expédier par avion jusqu'au Canada.

— L'été? fait Léonard. Mais nous sommes en plein hiver!

— Nous sommes en hiver ici, répond sa mère, dans l'hémisphère Nord. Mais là-bas, au pôle Sud, c'est l'été.

— Alors le blizzard est un vent chaud, dit Léonard en hochant la tête et en caressant le minuscule flacon. C'est curieux, j'aurais juré que cette bouteille était glacée...

— Elle a eu le temps de se réchauffer pendant le voyage, fait sa mère en riant. Mais, de toute façon, même en été, le pôle Sud est glacé. Et le blizzard y souffle toute l'année, plus glacial qu'aucun autre vent au monde.

Léonard ne dit plus rien. Il regarde son flacon, fasciné, émerveillé de pouvoir tenir dans sa main un peu de ce vent venu d'aussi loin.

Et le blizzard de l'Antarctique rejoint bientôt, sur l'étagère de sa chambre, ses compagnons antillais et canadien, l'alizé et le chinook.

Dès lors, les colis ne cessent d'arriver à la maison. Il ne se passe pas une semaine sans que le facteur n'en apporte un nouveau, venu de l'autre bout du monde.

Un jour, par plaisanterie, celui-ci dit à la mère de Léonard :

— Ils sont bien légers, vos paquets. On dirait qu'ils ne contiennent que du vent !

Elle ne répond pas, bien sûr. Qui la croirait, si elle affirmait que son fils reçoit par la poste des échantillons de vents du monde entier ?

Léonard, lui, ne s'occupe pas de savoir ce que les autres en pensent. Il est tout à sa collection, il la classe, la range, l'époussette, la contemple inlassablement.

Il possède maintenant toutes sortes de vents. Des terribles, comme le typhon* des mers de Chine que lui a envoyé le capitaine d'un cargo japonais, ou des brûlants qui semblent sortir d'un four, comme l'harmattan* que lui a fait parvenir un médecin de l'Afrique de l'Ouest.

La collection comprend d'immenses vents qui font le tour du monde, mais aussi de tout petits vents, des vents locaux qui ne soufflent que dans une vallée isolée ou un village perdu.

Il y en a des sérieux, et des rigolos, comme ces deux-là que lui ont envoyés les élèves d'une petite école du nord de la France : l'écorche-ville* et l'écorche-vache*.

Léonard a cru un moment qu'il s'agissait d'une farce, mais il a vérifié dans ses livres : ces vents-là existent bel et bien, et ils méritent leur nom !

Aidé par sa mère, il n'en finit plus d'écrire des remerciements sur de belles cartes postales qui s'envolent par la poste vers les quatre coins du monde.

Les vents s'alignent ainsi au fil des semaines, exotiques ou sages, dans la petite chambre de Léonard. Et parfois, le soir, au moment de se laisser aller au sommeil, il jurerait qu'il les entend souffler...

10

Coup de blizzard

Lorsque le printemps arrive, la collection de vents de Léonard est déjà impressionnante, et il songe qu'il pourrait peut-être en faire profiter les autres.

À l'école, pendant les récréations, il s'approche des groupes de collectionneurs, cherchant parmi ceux-ci lesquels pourraient faire des échanges avec lui. Car, bien entendu, il a reçu beaucoup de vents en double.

Mais, chaque fois, ses camarades lui posent la même question :

— Toi, Léonard, tu collectionnes quelque chose? Qu'est-ce que c'est?

— Les vents, répond-il fièrement.

Et chaque fois, ils éclatent de rire et se moquent de lui en faisant:

— Les vents? Pffffffffffff, attrape-le, celui-là! Attrape-le, Léonard!

Un jour, il y en même un qui pète en disant:

— Et celui-ci, tu ne l'as pas, hein, Léonard?

Léonard est désolé. Il n'ose plus parler à personne. Sa collection restera-t-elle enfermée entre les murs de sa chambre? N'y a-t-il personne à qui il pourrait la montrer?

Il y a bien Rachel, mais il n'ose guère la revoir. Elle a ri de lui parce qu'il voulait collectionner les étoiles qu'on ne peut même pas toucher.

Mais les vents? On ne peut pas les toucher davantage, bien sûr. Ou alors, une seule fois, pendant une fraction de seconde, le temps qu'ils s'échappent de leur bocal pour ne jamais revenir.

Pourtant, c'est trop bête de se retrouver tout seul avec des vents dans des bouteilles. L'intérêt d'une collection, c'est de pouvoir la partager, de trouver d'autres collectionneurs, de se montrer les pièces les plus rares, de faire des échanges.

Alors, finalement, il décide d'en parler quand même à Rachel. Et, pour éveiller son intérêt, il apporte à l'école son flacon le plus précieux, celui qui contient le blizzard du pôle Sud.

Il a enveloppé la minuscule bouteille dans un mouchoir et il la tient dans son poing crispé, lui-même glissé au fond de sa poche. Puis, dans la cour de l'école, il s'approche de la jeune fille avec un air mystérieux.

— Veux-tu que je te montre quelque chose? lui demande-t-il à mi-voix, tout en jetant autour de lui des regards inquiets.

— Je ne sais pas, répond-elle en fronçant les sourcils. Est-ce que c'est correct, au moins?

— Bien sûr que c'est correct! s'exclame Léonard. Qu'est-ce que tu crois?

— Alors, je veux bien, reprend Rachel. Mais je te préviens, si c'est dégoûtant, je crie.

— Ne t'inquiète pas et viens avec moi. Tu vas voir quelque chose d'extraordinaire.

Léonard s'éloigne vers un coin tranquille de la cour, suivi de son amie.

Malgré l'air détaché qu'elle se donne, on voit bien qu'elle est dévorée par la curiosité.

À l'abri des regards indiscrets, Léonard sort enfin le flacon de sa poche. Sous l'œil attentif de Rachel, il enlève avec précaution le mouchoir qui l'entoure, et il exhibe fièrement la bouteille qu'il tient du bout des doigts, à hauteur de son visage.

— Voilà, murmure-t-il comme s'il venait de sortir un diamant de sa poche.

— Eh bien, quoi? fait Rachel, à la fois déçue et vexée. Qu'est-ce qu'il y a d'extraordinaire? Ce n'est qu'une bouteille vide. Tu te moques de moi?

— Elle n'est pas vide! s'écrie Léonard. Regarde bien, ça vient du bout de la terre, ça vient du lieu le plus froid du monde...

Rachel penche la tête, approche son visage de la paroi de verre, regarde attentivement. Mais elle a beau écarquiller les yeux, elle ne voit rien, rien du tout, que du vide dans la bouteille.

— C'est une blague stupide, dit-elle en se redressant brusquement. Tu me prends vraiment pour une idiote ou quoi?

— Pas du tout, fait Léonard, désolé. Je vais t'expliquer. C'est le clou de ma collection...

— Tu collectionnes les bouteilles vides, maintenant ? l'interrompt Rachel. Ce n'est pas terrible. Ma mère, elle, collectionne les bouteilles de parfum. Au moins, ça sent bon.

— Cette bouteille n'est PAS vide, reprend Léonard en haussant le ton. Tu ne comprends donc pas ? Et d'ailleurs, je suis sûr qu'à l'intérieur ça sent bon. Ça sent l'odeur du pôle Sud.

— Je ne comprends rien à tes histoires, réplique Rachel. Tu me fais marcher, c'est tout.

D'un geste vif, elle arrache le flacon des mains de Léonard et se sauve en courant.

— Ah, ah ! crie-t-elle. Une collection de bouteilles vides ! Quelle idée ! Pourquoi pas des épluchures de pommes de terre, hein ? Ou des crottes de souris ? Et tu dis que ça sent le pôle Sud ? Pouah ! Ça doit plutôt sentir le renfermé ! Donnons-lui de l'air !

Et d'un seul coup, avant que Léonard ait pu esquisser le moindre geste, elle dévisse le bouchon et ouvre la bouteille.

Alors, l'incroyable se produit. Le flacon est à peine débouché que le vent se lève. Un vent violent, glacé, qui se met à souffler en tempête dans la cour de l'école, et soulève des tourbillons de poussière, arrache les casquettes, soulève les jupes...

Un froid intense l'accompagne, comme si on venait d'ouvrir un frigo gigantesque au beau milieu de la cour. Les autres élèves ne comprennent pas ce qui se passe. Ils frissonnent, essaient de s'envelopper dans leurs légers blousons, se battent le dos de leurs bras. Des dentelles de givre recouvrent subitement les fenêtres et des stalactites de glace apparaissent sur les rebords du toit.

Les élèves cherchent refuge à l'intérieur de l'école. En l'espace d'un instant, la cour s'est transformée en un désert de glace désolé.

Effrayée, Rachel lâche la bouteille et court se mettre à l'abri sans demander son reste.

Et, tandis que le vent se calme aussi vite qu'il s'était levé, Léonard reste dehors, les cheveux dans la figure, les yeux embués de larmes gelées, fixés sur son flacon qui, maintenant, ne contient plus que de l'air de Calgary, de l'air un peu tiède, sec et parfaitement immobile.

11

Un vent
très spécial

Le lendemain, Léonard ne retourne pas à l'école. Normal, c'est samedi. Mais si ç'avait été un autre jour, il serait sûrement tombé malade et il n'y serait pas allé non plus.

La perte de son blizzard a été un malheur irréparable.

Dans l'après-midi, sa mère l'emmène en promenade autour du lac. Elle est triste de voir son fils inconsolable, mais elle sent bien que ce n'est pas avec des histoires drôles qu'elle lui redonnera le sourire.

Un vent doux souffle de l'ouest. Le chinook. Tous les cristaux de givre ont fondu, le chemin est légèrement boueux. Léonard se demande pourquoi les choses finissent toujours comme ça. Dans la boue.

Il marche courbé comme un vieillard, traînant les pieds, les yeux au sol, ruminant des pensées grises.

— Je ne crois pas qu'on puisse collectionner les vents, finit-il par dire d'une voix sourde. Ce n'était pas une bonne idée.

— Mais si, réplique sa mère. C'était une idée magnifique, au contraire. D'ailleurs, j'ai déjà envoyé un nouveau message à ton savant du pôle Sud. Il te renverra certainement un peu de blizzard.

— Ce n'est pas la peine, répond Léonard sans relever la tête. Le vent ne m'appartient pas, pas plus que les étoiles. Je ne peux donc pas en faire collection. Je ne suis pas comme cet homme d'affaires, tu sais, celui qui vivait sur une planète minuscule et qui croyait posséder les étoiles seulement parce qu'il les comptait.

Sa mère reconnaît l'histoire du *Petit Prince*.

— Bien sûr, les vents ne sont pas à toi, dit-elle. Mais quelle importance? Tu n'es pas obligé de posséder les choses pour les apprécier. Tu connais beaucoup de vents par leurs noms, maintenant, et tu les aimes, tu penses à eux...

— Un peu comme si je les avais apprivoisés? demande Léonard en se redressant un peu.

— En quelque sorte, oui. Et à cause de cela, tu peux dire qu'ils existent davantage pour toi que pour les autres. Et puis collectionner le vent, ce n'est pas seulement l'enfermer dans des petites bouteilles. C'est aussi le respirer, le sentir, jouer avec lui, comme nous le faisons en ce moment.

Léonard se redresse tout à fait. Effectivement, il sent le chinook dans ses cheveux, il le voit agiter les branches sèches déshabillées par l'hiver.

Pendant l'été, un autre vent fera bouger les feuilles et ridera la surface du lac Glenmore, où il poussera des bateaux. Sa mère a raison, dans le fond. C'est une splendide collection. Il respire profondément et déclare:

— Quand je serai grand, je ferai le tour du monde. Et le tour de ma collection, puisqu'elle est assez grande pour que je puisse m'y promener.

— Eh bien, tu peux commencer dès maintenant, répond sa mère. Allons-y.

Et elle part au petit trot autour du lac, tandis que Léonard se met à galoper à sa suite, le vent dans les cheveux.

De retour à la maison, une surprise les attend. Assise sur les marches de l'entrée, Rachel est là, raide comme une statue, le visage un peu rose. On dirait qu'elle serre dans sa main gauche un petit objet qui, pour l'instant, reste invisible.

En l'apercevant, Léonard s'arrête sur le trottoir et fait la grimace. Rachel baisse les yeux. Devinant leur gêne, la mère de Léonard rompt le silence :

— Bonjour, Rachel. Tu venais voir Léonard ? Il y a longtemps que tu attends ?

— Oui... non, répond Rachel d'une voix un peu hésitante.

— Eh bien, entre donc avec nous, nous allons prendre un goûter. N'est-ce pas, Léonard ?

Léonard ne répond pas, mais il suit tout de même sa mère et Rachel dans la maison. La main de Rachel est toujours crispée sur le petit objet qu'elle a apporté avec elle.

Pendant tout le goûter, Rachel mange avec sa main droite et laisse la gauche sur ses genoux. Léonard finit par remarquer ce manège. Sa mère, pour sa part, l'a déjà noté depuis un bon moment. Devinant que sa présence est de trop, elle quitte discrètement la cuisine.

Restés seuls, les deux jeunes demeurent un instant silencieux, puis, n'y tenant plus, Léonard finit par demander d'un ton légèrement inquiet :

— Qu'est-ce que tu tiens dans ta main ? Tu caches quelque chose ?

Le visage de Rachel rosit et elle pique du nez vers la table.

— Je ne cache rien, dit-elle d'une voix plus basse qu'à l'ordinaire. Au contraire, c'est quelque chose que j'ai apporté pour toi.

Puis, comme Léonard ne répond pas, elle poursuit :

— Je suis désolée pour ce qui est arrivé à ton blizzard. Je ne savais pas que c'était vrai, qu'il y avait vraiment du vent à l'intérieur de ta bouteille. J'ai été bête… Alors, pour me faire pardonner, je t'ai apporté ceci.

Avec précaution, elle dépose enfin sur la table l'objet qu'elle tenait dissimulé dans son poing. C'est un flacon minuscule. Il a l'air absolument vide.

Indécis, Léonard regarde le flacon, à la fois méfiant et avide de savoir. Est-ce réellement un flacon vide, une nouvelle plaisanterie de mauvais goût, ou bien s'agit-il, comme il voudrait le croire, d'un vent que son amie lui offre?

Rachel pousse la petite bouteille vers le milieu de la table. Le verre brille dans le soleil de l'après-midi. Fasciné, Léonard contemple le flacon. Il lui semble qu'à l'intérieur des volutes parfumées et invisibles dessinent des arabesques sans cesse en mouvement.

— Qu'est-ce que c'est? murmure-t-il enfin tout en essayant de dissimuler son émotion. Un vent?

— Oui, répond Rachel. Un vent très spécial, un vent unique au monde…

— D'où vient-il? demande Léonard plein d'espoir.

— D'ici, de Calgary.

— Alors, ce vent n'a rien de spécial, fait Léonard dont l'exaltation retombe subitement. Tu penses bien que j'ai déjà tous les vents qu'on peut trouver à Calgary.

— Pas celui-ci, insiste Rachel. C'est impossible.

Léonard la dévisage avec méfiance. Quelle nouvelle farce Rachel est-elle en train de lui jouer? Prudemment, il tend la main vers le flacon et le prend dans sa main pour l'examiner de plus près. Les yeux de Rachel sont devenus très brillants. Se moque-t-elle de lui?

— Et... comment s'appelle-t-il, ce vent?

Rachel hésite un instant, puis déclare:

— Il n'a pas de nom. C'est un vent trop nouveau, personne ne l'a jamais entendu souffler.

Léonard est sur des charbons ardents, il ne sait plus quoi penser. Voyant qu'il va peut-être se fâcher, Rachel ajoute:

— Mais si tu veux, je peux le faire souffler pour toi, ici. Comme ça, tu n'auras pas besoin d'ouvrir la bouteille. Écoute!

Alors, fermant les yeux et allongeant légèrement les lèvres, elle lui envoie par-dessus la table un baiser doucement sonore.

— Voilà, murmure-t-elle en souriant. C'est le vent que j'ai soufflé dans la bouteille. Il est pour toi tout seul. Et ta collection est la plus belle que j'aie jamais vue.

Trop ému pour parler, Léonard ne dit rien. Mais il se lève, prend Rachel par la main et l'emmène jusque dans sa chambre où il range précieusement à côté des autres flacons son nouveau vent, le joyau de sa collection.

Lexique

Aucun des vents cités dans cette histoire n'a été inventé. Il en existe beaucoup d'autres, mais j'ai dû me contenter de ceux-ci. Voici une brève description de chacun.

Alizé: Les alizés sont des vents réguliers et constants qui soufflent des tropiques - zones de hautes pressions – vers l'équateur – zone de basses pressions. Normalement, ils devraient donc se diriger du nord vers le sud dans l'hémisphère Nord, et du sud vers le nord dans l'hémisphère Sud. Mais, à cause de la *force de Coriolis* (due à la rotation de la Terre), ils soufflent « en biais »: dans l'hémisphère Nord, du nord-est vers le sud-ouest, et, dans l'hémisphère Sud, du sud-est vers le nord-ouest.

Autan: L'autan est un vent local qui souffle dans le sud-ouest de la France. On distingue l'*autan blanc*, vent de beau temps d'origine continentale, frais en hiver et chaud en été, et l'*autan noir*, qui souffle en sens inverse, chaud et précurseur de pluie.

Blizzard: Le blizzard est un vent du nord glacial, accompagné de tempêtes de neige, qui souffle dans le nord du Canada ou en Alaska. Au pôle Sud, contrairement aux vents catabatiques, très secs et descendant de l'intérieur du continent antarctique, les blizzards se déclenchent au contact de l'air maritime.

Borée: Borée n'est pas un vent à proprement parler : c'est la personnification littéraire du vent du nord. Dans la mythologie grecque, Borée était le fils du Titan Astraeos et d'Éos, l'Aurore. Son nom a donné l'adjectif boréal, qui désigne ce qui est au nord.

Chinook: Vent dû à un effet de *foehn* : lorsque l'air s'élève sur le versant d'une montagne proche de la mer, il perd son humidité et redescend, sec et chaud, de l'autre côté. Le chinook souffle, en autres, en Alberta, au Montana et au Colorado.

En hiver, à Calgary, il peut faire monter la température d'une vingtaine de degrés en quelques heures, faisant ainsi fondre la neige très rapidement, d'où son surnom de *mange-neige*.

Des vents analogues existent partout où il y a des montagnes. Ainsi le *chergui* au Maroc ou le *zonda* en Argentine.

Courant-jet: Les courants-jets sont des vents qui encerclent la terre à très haute altitude (entre 10 000 et 15 000 m) et sont extrêmement rapides (parfois plus de 500 km/h). Ils soufflent au-dessus des zones subtropicales, d'ouest en est.

Leur puissance est ressentie par les avions, qu'ils aident ou gênent selon qu'ils se déplacent dans le même sens ou en sens inverse. C'est pourquoi le temps de vol entre Montréal et Vancouver, par exemple, n'est pas le même selon qu'on voyage dans le sens est-ouest ou dans le sens ouest-est.

Cyclone: Le cyclone est une violente tempête en forme de tourbillon. Les vents se mettent à tourner de plus en plus vite, formant comme un entonnoir autour d'un axe de basse pression qui se déplace sur terre ou sur mer. Au centre, qu'on appelle l'*œil* du cyclone, règne un calme inattendu. Lorsque le cyclone se déplace, l'observateur sent d'abord le vent souffler dans un sens. Puis, lorsqu'il se trouve dans l'œil, le vent retombe presque d'un seul coup. Il reprend ensuite brusquement, soufflant en sens inverse.

Selon la région du monde dans laquelle les cyclones se produisent, on les appelle typhons*, ouragans, tornades* ou hurricanes. L'appellation cyclone est parfois réservée aux tempêtes tropicales d'Amérique centrale, lorsque les vents atteignent des vitesses extrêmes.

Écorche-vache: L'écorche-vache, comme l'écorche-ville*, est un vent local du nord de la France. Comme son nom l'indique, il souffle assez fort. Toutefois, il est peu probable que les vaches surprises dans les prés par ce vent au nom amusant y perdent vraiment leur peau! L'écorche-ville* est la version citadine de ce vent rural.

Écorche-ville: Voir *écorche-vache*.

Harmattan: L'harmattan est le nom qu'on donne sur la côte occidentale de l'Afrique à un vent chaud et sec qui vient des régions désertiques. C'est la version africaine du sirocco*.

Khamsin: Comme le simoun* ou le sirocco*, le khamsin est un vent sec et très chaud qui souffle dans les déserts d'Égypte. On dit qu'il déplace tant de sable qu'il peut ensevelir complètement les caravanes qui ont le malheur de se laisser surprendre par lui dans le désert.

Son nom, qui signifie « cinquante » en arabe, vient peut-être de ce qu'il souffle principalement pendant une cinquantaine de jours, de mars à mai.

Mistral: Vent froid, sec et violent, qui souffle en rafales dans le sud de la France. Il est produit par un effet d'accélération dans la vallée du Rhône, qu'il descend du nord vers le sud, coincé entre les Alpes et le Massif central. On prétendait autrefois que le mistral pouvait souffler tellement fort qu'il était capable d'arrêter les trains.

Mousson: Le nom de ce vent vient du portugais, qui l'a lui-même emprunté à un mot arabe qui signifie « saison ». La mousson est un vent tropical qui souffle pendant six mois de la mer vers la terre (mousson d'été, ou mousson humide) et pendant six mois de la terre vers la mer (mousson d'hiver, ou mousson sèche).

En Inde, la mousson d'été apporte la pluie après les mois de sécheresse et est donc attendue avec impatience comme un don du ciel.

Simoun: Son nom vient d'un mot arabe qui signifie « poison ». Le simoun, vent extrêmement chaud et violent, souffle dans les déserts de l'Arabie, de la Perse et de l'Afrique du Nord.

Sirocco: Le sirocco est un vent brûlant et sec qui souffle du désert du Sahara en direction de la mer Méditerranée. Le sirocco transporte avec lui le sable du désert jusque de l'autre côté de la mer, en Provence, et parfois plus loin encore.

Tornade: La tornade, catastrophe hélas familière en Amérique du Nord, est un genre de cyclone*. La tornade est de petites dimensions, mais très intense, et ses effets sont extrêmement dévastateurs. Elle ressemble à un long et mince cône de nuages noirs qui se déplace au sol comme une sorte d'aspirateur géant détruisant tout sur son passage.

Tramontane: Vent de nord-ouest dans le sud de la France (bas Languedoc et Roussillon). Souvent violent, froid et sec lorsqu'il est associé à une invasion d'air polaire, il peut être accompagné d'averses lorsqu'il est associé à une perturbation sur la Méditerranée. On disait autrefois que la tramontane pouvait rendre fou.

Typhon: De même que mousson*, le mot « typhon » vient du portugais, qui l'a lui-même repris de l'arabe (ce qui montre que Portugais et Arabes ont été les premiers grands navigateurs occidentaux à explorer les mers orientales). Le typhon est un cyclone* tropical extrêmement violent qui sévit dans les mers de Chine et l'océan Indien.

Une description magnifique du typhon a été faite par Joseph Conrad dans un roman qui porte ce même nom. Typhon était aussi, dans la mythologie grecque, un monstre gigantesque et épouvantable qui fut finalement vaincu par Zeus.

Zéphyr: Comme Borée*, Zéphyr est un mot qui appartient davantage à la littérature qu'à la météorologie. Zéphyr était un dieu de la mythologie grecque,

personnifiant le vent d'ouest. Aujour-
d'hui, le zéphyr n'est plus un dieu mais
un nom poétique et un peu désuet pour
désigner un vent doux et agréable, une
brise légère.

Table des matières

Collection Papillon

1. **Le club des Moucs-Moucs**
   Mimi Legault

2. **La nuit blanche de Mathieu**
   Robert Soulières

3. **Une enquête toute garnie**
   Marjolaine Juteau

4. **La clé mystérieuse**
   Marie-Andrée Mativat

5. **Un duel, un duo**
   Lorraine Pilon

6. **Le secret de François**
   Hélène Gagnier, Prix Monique-Corriveau 1991

7. **Le pouvoir d'Olivier**
   Marjolaine Juteau

8. **La maison abandonnée**
   Mimi Legault

9. **La vieille maison bleue**
   Micheline Huot

10. **Le temple englouti**
    Susanne Julien

11. **La ruelle effrayante**
    Claire Daignault

12. **Tu peux compter sur moi**
    Jean-François Somain (Traduit en japonais)